PIERROT EN PRISON

PIERROT EN PRISON

PARADE EN UN ACTE

PAR LE GRAND JACQUES

AVEC TROIS EAUX FORTES

De Henry Somm et Frédéric Chevalier

PARIS

A LA LIBRAIRIE DE L'EAU-FORTE

2, RUE DE CHATEAUDUN, 2

DÉDICACE

A MA NIÈCE MARGUERITE.

—

Belle entre les adorées,
Vous qui rêvez par les prés
Verdissants et diaprés
De marguerites dorées,

O Marguerite nacrée,
A quoi songez-vous auprès
Des coquelicots pourprés,
Pimpante et si bien varée?

Où donc votre regard pur
S'envole-t-il dans l'espace ?
Il suit un oiseau bleu qui passe

Dans le grand et libre azur.....
Montrez-vous bonne personne
Pour Pierrot qu'on emprisonne.

L. G. J.

PIERROT EN PRISON

PARADE EN UN ACTE

SCÈNE PREMIÈRE

PIERROT, *poussé dans la cellule.* — Cric! Crac! Bran! Bring! tirez les verroux! fermez les portes! cadenassez-moi de la bonne façon! Avez-vous fini?... Oui, les pas du geôlier s'éloignent... Ce geôlier n'a point l'air terrible... Je me figurais un geôlier comme un homme gros & court, orné d'une barbe sale & d'un fort trousseau de clés... Celui-ci est un militaire, un joli militaire. Il a voulu porter mon sac de nuit; il m'a même dit quelques drôleries en m'accompagnant... Les traditions se perdent. Quelques bons coups de pied dans le ventre, quelques coups de crosse dans les reins, voilà ce qu'il m'aurait fallu... Mais je t'en souhaite! ces gens-là sont polis comme des charcutiers... Néanmoins, me voici coffré. Excellente occasion pour m'éclaircir le teint & m'amincir la taille. Et puis, ce n'est qu'ici qu'on trouve le repos, le calme profond, le farniente voluptueux, la sublime paresse! Je considère cette cellule paisible comme une succursale de l'Arcadie. Inventorions un peu le mobilier... Une table en bon état; un tabouret enchaîné... Malepeste! Voilà un tabouret qui me donne à penser. Quel crime a-t-il commis? Pourquoi accapare-t-il seul la couleur locale de la prison... Tabouret, j'envie tes fers!... Mais qui fait crier la porte? Que me veut-on?

SCÈNE II

PIERROT, LE GEÔLIER.

LE GEÔLIER. — C'est moi, monsieur.

PIERROT. — Eh bien?

LE GEÔLIER. — Monsieur n'a besoin de rien?

PIERROT. — De rien absolument. Si j'ai besoin de quelque chose, je sonnerai.

LE GEÔLIER. — C'est qu'il n'y a point de sonnette.

PIERROT. — Tant pis, tant pis ; la sonnette a de l'harmonie, quand on sait s'en servir. Voyons, prenons des précautions : Que pourrai-je bien vous demander ?

LE GEÔLIER. — Ce que monsieur voudra.

PIERROT. — Comme vous y allez ! Du vin de Bordeaux, par exemple ?

LE GEÔLIER. — Très-bien, monsieur.

PIERROT. — Et des côtelettes de porc frais ?

LE GEÔLIER. — Sans doute.

PIERROT. — Même aux cornichons ?

LE GEÔLIER. — Même aux cornichons.

PIERROT. — Vous m'étonnez. Quel superbe ordinaire !

LE GEÔLIER. — Il suffit que monsieur consente à payer tout cela.

PIERROT. — Je vous entends. Et combien le vin de Bordeaux ?

LE GEÔLIER. — Vingt sous la bouteille.

PIERROT. — Honnête garçon ! Et les côtelettes ?

LE GEÔLIER. — Six francs les deux.

PIERROT. — Ohimé ! Et les cornichons ?

LE GEÔLIER. — Trois livres la pièce.

PIERROT. — Le vinaigre est donc bien cher ! Çà, je réfléchirai à votre carte, puisque j'ai du temps devant moi.

LE GEÔLIER. — Je suis aux ordres de monsieur.

PIERROT, *à part.* — Tant de tendresse m'étonne. (*Haut.*) Savez-vous, maître geôlier, que je suis confus de toutes vos civilités ?

LE GEÔLIER. — Monsieur, on sait vivre. J'ai connu de suite, en vous voyant entrer, à qui j'avais affaire. Vous sentez le gentilhomme.

PIERROT. — J'ai en effet de l'eau de lavande sur mon mouchoir.

LE GEÔLIER. — Je ne m'y trompe guère ; j'ai vu d'abord que vous n'étiez point un escroc vulgaire, non plus qu'un médiocre assassin.

PIERROT. — Je vous suis obligé.

LE GEÔLIER. — Ou vous avez commis quelque crime épouvan-
   table, ou simplement vous êtes accusé de fredaines
   galantes.

PIERROT. — Va pour les fredaines. Je vous dirai nettement les
   choses : J'ai battu ma femme.

LE GEÔLIER, *stupéfait*. — Et l'on vous met en prison pour cela !

PIERROT. — Vous battez donc la vôtre ?

LE GEÔLIER. — Comme tout le monde....

PIERROT. — Voici le fait : Je me promenais aux Tuileries,
   humant le soleil et lorgnant les talons des filles, quand une
   silhouette connue passa devant moi.....

LE GEÔLIER. — C'était elle !

PIERROT. — La pendarde courait, de ce pas sautillant et léger,
   particulier aux femmes qui vont faire... de la peine à leurs
   maris.... Elle entre chez Ramponeau ; un beau jeune
   homme, qui était à la fenêtre, se retire et la ferme aussitôt.

LE GEÔLIER. — Vous vous précipitez dans l'escalier et vous
   enfoncez la porte....

PIERROT. — Quelque niais ! J'attends un temps moral ; je me
   mouche avec soin ; je monte après elle.... J'applique mon
   œil au trou de la serrure...

LE GEÔLIER. — Ah ! monsieur !...

PIERROT. — Quoi ?

LE GEÔLIER. — Votre récit m'intéresse.

PIERROT. — Je frappe discrètement : — Qui est là ? — C'est
   moi. — Qui, vous ? — Pierrot. — Aussitôt, grand remue-
   ménage ; on ouvre et on pousse je ne sais quoi. Enfin ma
   femme apparaît : — Quoi ! c'est vous, mon ami ? quelle
   aimable surprise ! — Je ne réponds pas, et je parcours la
   chambre de l'œil...

LE GEÔLIER. — Quel beau sang-froid !

PIERROT. — Je ne vois qu'une canne ; je la saisis. Colombine se
   trouble ; je lui prends la main, et la rosse d'importance.
   Or, comme elle courait deçà et delà, je casse en même
   temps une glace, une pendule, deux carafes et la tête du
   maître d'hôtel. Qu'en pensez-vous ?

Le geôlier. — La vaisselle est chère.

Pierrot. — Je m'étais laissé emporter, faute grave. Doréna-
vant, je battrai Colombine à huis-clos...

Le geôlier. — Vous ferez sagement.

Pierrot. — Mais je la battrai davantage.

Le geôlier. — C'est votre affaire. Il faut que je vous quitte.
Sans adieu.

SCÈNE III

PIERROT, LA PRIÈRE.

Pierrot, *seul.* — A la bonne heure ! On n'a pas le loisir d'être
prisonnier. Continuons notre inventaire : Que vois-je dans
ce coin ? Une cruche d'eau, une cuvette de terre. Point de
luxe dans l'ameublement. Quel est ce siége rouge encastré
dans la muraille ? Je devine. Etrange chose que le monde !
Quand on pense que les plus grands génies et les plus
jolies femmes.... sont hommes comme nous !... Et toi aussi,
Diana, et toi, Esmeralda, et toi, Ophélie !... Ce balai
m'inquiète par sa dimension exiguë. La civilisation commet
d'ignobles erreurs : On a sans doute oubliée l'eau de
Cologne !... Enfin, voici le lit, un simple lit de paille.... On
est si bien à la campagne, largement étendu sur les meules
de foin... O les meules !...

(*Il se couche.*)

Tiens, mais on n'est pas trop mal ici... Je le sens, un
agréable sommeil va fermer mes paupières... Déjà des
formes indécises voltigent devant mes yeux... Des courants
électriques de volupté traversent mes jambes étendues... —
Hé ! quels sont ces pas ? Que veut dire ce tintamarre ? Qu'il
y a-t-il ?

Le geôlier, *ouvrant.* — C'est la prière.

Pierrot. — Quelle prière ?

Le geôlier. — La prière en commun.

Pierrot. — J'ai changé de religion ; fermez la porte.

Le geôlier. — La règle ne le permet pas. Mais vous n'avez
qu'à rester couché.

Pierrot. — Très-bien. C'est qu'elle fait un bruit d'enfer, cette
porte. Il semble que tous les diables secouent leurs chaînes,
quand il la remue. L'a-t-il ouverte en effet ? *Traditore !*
il l'a hypocritement entrebâillée ; elle est maintenue par une
tringle de fer. Du reste, je m'en soucie comme de Colin
Tampon. Recouchons-nous...

Le prêtre, *au dehors*. — In nomine patri, et filii, et spiritu
sancti !...

Chœur de voix rauques. — Amen !!!

Pierrot, *se relevant*. — Sacré tonnerre ! a-t-on jamais vu prier,
si fort !

Le prêtre, *continuant*. — Pater noster, qui es in cœli.... brum,
brum, brum, brum... sicut in cœlo et in terram.....

Le chœur, *avec des grondements d'orage*. — Panem nostrum
quotidianum... broum, broum, broum, broum.... sed
libera nos a malo.... Amen !!!

Pierrot. — La peste soit des braillards ! Si Dieu ne les entend
pas, il y mettra de la mauvaise volonté.

Le prêtre, *poursuivant*. — Ave Maria, gratia plena.... brum,
brum, brum, brum...

Le chœur. — Sancta Maria, mater Dei.... broum, broum,
broum, broum.... Amen !!!

Pierrot. — Voilà une dévotion bien bruyante. S'en donnent-ils,
ces gaillards-là !... Après ça, leurs distractions sont rares...
Ah ! je crois qu'ils ont fini... Dormirai-je, oui ou non ?...
Dieu me donne la paix, s'il se peut ! Je n'ai jamais
compris qu'on crût le divertir, en lui répétant soir & matin
la même chose... Essayez seulement de raconter vingt fois
la même histoire à un ami, vous en verrez l'effet... en latin
surtout ! Ce n'est pas que je ne prie jamais : au contraire.
Mais c'est d'inspiration. Tantôt je dis : Dieu vous bénisse !
ou bien : A Dieu ne plaise ! et puis je jure quelquefois. Ce
qui n'empêche pas que je ne sois fort bien avec le bon
Dieu, au moins aussi bien que tous ces marmotteurs de
patenôtres. — Hé donc ! qui est-ce encore ?

Le geôlier. — C'est moi, monsieur. Je viens fermer la porte :

PIERROT. — Fermez-la donc une bonne fois!.... *(Il se promène.)* Mes idées sur les prisons sont totalement bouleversées... Je ne connais pas de club, de place Royale plus fréquentés que cette cellule-ci... Ne reviennent-ils pas? Non; c'est bien fini... Cette fois je suis seul... Voilà pourtant le soleil qui frappe à mes vitres, le soleil de la liberté!... il est d'un jaune bête; je n'aime pas cette couleur... Faisons un léger somme... *(Il s'étend sur le lit.)* Me voici couché sur la dure... Décidément, je n'avais pas apprécié ce lit... je le croyais d'abord fait de paille... Il me semble à présent rembourré avec du fil d'archal... Diavolo! que sens-je à la jambe? Qui diable me monte le long du bras? Qui se remue dans ma culotte? Peccaïre! ce sont des légions de puces... Tous les sujets de maître Floh sont acharnés après mes chausses... Impossible d'y tenir... je quitte la place... Ah! les lâches!... dix mille contre un... Que faire? que devenir?... Je n'ai jamais mieux compris le charme de la solitude que depuis que mon lit est si habité... Où donc la paix s'est-elle réfugiée?... Allons, Pierrot, courage, et montre un visage souriant à la mauvaise fortune... Asseyons-nous... Tristesse amère!... Ma prison commence enfin à se dessiner...

SCÈNE IV

PIERROT, LÉANDRE ET AUTRES

(Léandre est dans une cellule contiguë et est censé parler par un trou pratiqué dans la muraille.)

LÉANDRE. — Monsieur!

PIERROT. — Quelle est cette voix?

LÉANDRE. — Hé! Monsieur! voisin! coterie!

PIERROT. — Qui m'appelle?

LÉANDRE. — Un compagnon d'infortune.

PIERROT. — Où êtes-vous?

LÉANDRE. — De l'autre côté du mur. Il y a un trou...

PIERROT. — Un trou?... c'est, ma foi, vrai... Attendez... *(Il regarde; à part.)* Je ne vois qu'un œil; il m'a l'air honnête... *(Haut.)* Que me voulez-vous?

LÉANDRE. — Je veux, s'il vous plaît, causer avec vous pour me distraire.

PIERROT. — Mais vous êtes peut-être un affreux gredin, mon cher?

LÉANDRE. — Moi? Je suis le garçon le plus vertueux du monde!

PIERROT. — Pourquoi donc vous aurait-on mis là-dedans?

LÉANDRE. — Pour avoir sauté par la fenêtre.

PIERROT. — La justice est sévère en diable.

LÉANDRE. — Du reste, est-ce que je vous interroge, moi? Vous êtes sans doute une canaille; cela m'est égal.

PIERROT, *à part.* — Pour qui me prend-il?

LÉANDRE. — N'est-ce pas vous, d'aventure, qui avez tué la femme du banquier de la rue Saint-Honoré?

PIERROT. — Point du tout.

LÉANDRE. — Alors, c'est vous qui avez volé le portefeuille du garçon de banque?

PIERROT. — Non certes.

LÉANDRE. — Il faut que ce soit l'un ou l'autre.

PIERROT. — Allez vous promener. Je suis bourgeois & patenté.

LÉANDRE. — Agréez mes excuses. A votre organe, je vous supposais doué de fâcheux instincts.

PIERROT. — Savez-vous que vous commencez à m'ennuyer?

LÉANDRE. — Je vous ennuie?

PIERROT. — Fortement.

LÉANDRE. — Monsieur, vous retirerez cette expression!...

PIERROT. — Je ne la retirerai pas.

LÉANDRE. — Ah! c'est comme cela : Vous êtes un cuistre!

PIERROT. — Vous êtes un maroufle!

LÉANDRE, *frappant le mur.* — Tiens! veillaque, ce coup de pied!

PIERROT, *de même.* — Tiens! maraud, cette bourrade!

LÉANDRE. — Je te retrouverai!

PIERROT. — Tu me la paieras!

LÉANDRE. — Plus d'affaires !

PIERROT. — Allez vous promener ! *(A part.)* Cet homme est difficile à vivre... C'est dommage ! il m'aurait fait une petite société... Il est ennuyeux, sans doute ; cependant...

LÉANDRE. — Hé là-bas !

PIERROT. — Encore vous ?

LÉANDRE. — Faisons la paix.

PIERROT. — Laissez-moi tranquille.

LÉANDRE. — Faisons la paix, et je vous révèle un mystère !

PIERROT. — Un mystère?... Parlez vitement.

LÉANDRE. — Jurez un peu que vous n'en direz mot.

PIERROT. — Je le jure.

LÉANDRE. — Est-ce juré comme il faut, au moins ?

PIERROT. — Attendez... *(Il étend la main.)* Je le jure!... Allez maintenant.

LÉANDRE. — J'ai un plan d'évasion magnifique...

PIERROT. — Un plan d'évasion!... c'est charmant!... J'en suis!... — Dieu ! que la prison est amusante!...

LÉANDRE. — Nous scions nos barreaux de fer...

PIERROT. — Bon!

LÉANDRE. — Nous perçons la muraille...

PIERROT. — Bien !

LÉANDRE. — Nous bâillonnons les sentinelles, et nous prenons la clef des champs...

PIERROT. — Silence, imprudent, on vient!

LE GEÔLIER, *entrant.* — Voulez-vous du pain, monsieur Pierrot?

PIERROT. — Je n'en ai que faire.

LE GEÔLIER. — C'est bien. *(Il s'en va.)*

PIERROT. — Nous l'avons échappé belle!... Mon voisin a de l'énergie... c'est sans doute un célèbre malfaiteur.

LÉANDRE. — Hé là-bas! avez-vous une lime ?

PIERROT. — Hélas ! non.

LÉANDRE. — Une échelle de corde, un ressort de montre?

PIERROT. — Où voulez-vous que j'aie pris cela? Il fallait me le dire hier soir ; j'aurais tout apporté avec moi...

LÉANDRE. — N'importe ; nous nous en passerons.

PIERROT. — Taisez-vous ; des pas se rapprochent... — Sont-ils
  donc assommants !

LE GEÔLIER, *entrant.* — Monsieur, voulez-vous de la soupe ?

PIERROT. — Non ! je n'ai pas faim.

LE GEÔLIER. — C'est bon. *(Il sort.)*

PIERROT. — Eh ! va-t-en donc, déplorable gendarme ! Allons,
  il faut que j'aide à l'œuvre commune : Je n'ai pas de
  ressorts de montre, mais ceux de mes bretelles pourront
  peut-être servir... Et puis, ne vois-je pas un clou à la
  muraille ? Précisément ! il cède !... Voisin, j'ai un clou !

LÉANDRE. — Nous sommes sauvés !

PIERROT. — Que dois-je faire ?

LÉANDRE. — Pratiquez une brèche au mur, dans l'angle nord-est
  de votre cachot, assez grande pour qu'un homme y puisse
  passer, et de façon à ce qu'on ne s'en aperçoive pas.

PIERROT. — Fichtre !... Je vais toujours essayer... Où prenons-
  nous l'angle nord-est ?... Ce doit être celui-ci ; peu importe,
  du reste. Voyons si le clou mordra... Il mord, mais avec
  réserve... Je resterai bien six mois à cette brèche !... Dieu !
  quelqu'un ! Où cacher cet instrument ? Asseyons-nous
  dessus.

(Entre le Directeur de la prison).

LE DIRECTEUR. — Monsieur, je suis le directeur de la maison.

PIERROT. — Monsieur, je suis votre serviteur.

LE DIRECTEUR. — Je viens savoir si vous n'avez aucune plainte à
  faire, et si l'on vous a bien traité ?

PIERROT. — Je vous rends grâces. Je suis fort bien, à quelque
  petite chose près.

LE DIRECTEUR. — Êtes-vous satisfait de l'ordinaire ?

PIERROT. — L'ordinaire ne me déplaît pas.

LE DIRECTEUR. — Si je vous fais cette visite, c'est que je connais
  votre affaire, et qu'elle n'a rien de désobligeant pour vous.

PIERROT. — Assurément.

LE DIRECTEUR. — J'ai voulu vous marquer ma considération, et
  faire amitié avec un homme aussi distingué.

PIERROT. — Vous me comblez, monsieur.

LE DIRECTEUR. — Madame Pierrot est la plus jolie femme du monde, et je vous félicite d'être marié à cette belle personne.

PIERROT. — Vous êtes trop bon.

LE DIRECTEUR. — Un de ces jours, j'irai sans façon lui présenter mes respects et lui donner de vos nouvelles.

PIERROT. — C'est trop d'amabilité.

LE DIRECTEUR. — S'il ne dépendait que de moi, vous ne resteriez pas longtemps dans cette prison. Mais la [rigueur des lois est plus forte que mon pouvoir.

PIERROT. — Croyez à ma reconnaissance.

LE DIRECTEUR. — Voulez-vous me charger d'une lettre pour madame Pierrot?

PIERROT. — Comptez-vous aller la voir si vite?

LE DIRECTEUR. — Je m'en rapporte à vous.

PIERROT. — Cela n'est pas nécessaire. *(A part.)* Tudieu! quel compère!

LE DIRECTEUR. — Vous me paraissez troublé...

PIERROT. — Ce sont chaleurs de sang. Et puis, j'ai un clou qui me fait horriblement souffrir... *(Se reprenant.)* Oh!...

LE DIRECTEUR. — N'oubliez pas que je suis tout à vous.

PIERROT. — Votre très-humble valet. *(Le Directeur sort.)* Voilà un homme bien pressé d'aller voir ma femme... Çà, reprenons mon ouvrage... Y sommes-nous, voisin?

LÉANDRE. — Je ne puis rien faire que vous n'ayez percé le mur.

PIERROT. — C'est différent. Patientez alors, car ce mur est dur en diable... Quelqu'un encore? c'est abusif!

LE MÉDECIN, *du dehors.* — Ouvrez-moi cette cellule.

PIERROT. — Monsieur, j'ai l'honneur de vous saluer.

LE MÉDECIN. — Très-bien, monsieur; asseyez-vous, je vous prie.

PIERROT. — C'est à moi de vous faire les honneurs....

LE MÉDECIN. — Restez assis. Levez la tête, regardez-moi.

PIERROT. — Que signifie?...

LE MÉDECIN. — Monsieur, vous avez une mauvaise figure....

PIERROT. — Et vous, vous êtes un impertinent.

LE MÉDECIN. — Ne vous animez pas. Vos yeux sont battus; votre teint est pâle.

PIERROT. — Vous avez le nez d'un ivrogne, monsieur.

LE MÉDECIN. — Point d'emportement; donnez-moi la main.

PIERROT. — Je n'en ferai rien. Comment ! vous venez chez moi ; je vous reçois à bras ouverts, sans vous connaître; vous m'accablez d'injures, et vous croyez en être quitte pour me serrer la main... Vous êtes un intrigant... Sortez!

LE MÉDECIN. — Le délire est manifeste : il faudra voir à vous tirer du sang...

PIERROT. — Est-ce à dire que vous me cherchez querelle?

LE MÉDECIN. — Avec un bon lavement d'eau de guimauve...

PIERROT. — Vous êtes donc apothicaire?

LE MÉDECIN. — Je suis docteur, monsieur, docteur de la Faculté.

PIERROT. — Et qu'ai-je à faire d'un docteur?

LE MÉDECIN. — N'avez-vous pas refusé de manger et de boire?

PIERROT. — Il est vrai.

LE MÉDECIN. — Vous l'avouez; très-bien. On vous a signalé comme malade, et comme tel, je viens vous guérir.

PIERROT. — Et vous m'engagez à prendre...

LE DOCTEUR. — Quelques sangsues sur l'omoplate...

PIERROT. — Et le lavement précité. *Optimè*, mais je suis médecin aussi : A votre tour, docteur, je vais vous donner une petite consultation...

LE DOCTEUR. — Voyons cela.

PIERROT. — Vous allez être atteint d'un grand mal à la tête... attendez... de ce mal résultant du choc d'une cruche qui se brise sur le crâne, aux environs de la tempe...

LE DOCTEUR. — A merveille.

PIERROT. — Et pour éviter cet accident, vous n'avez qu'une chose à prendre...

LE DOCTEUR. — Quoi donc?

PIERROT, *avec un geste*. — La porte! (*Le Docteur s'enfuit.*)

PIERROT, *seul*. — A-t-on jamais vu pareille persécution! Dirait-on pas que j'arrive de Limoges et qu'on me prend pour monsieur de Pourceaugnac? Un lavement, à moi Pierrot!... Qu'ils y viennent!

UNE SŒUR GRISE, *timidement*. — Peut-on entrer?

PIERROT. — Une voix de femme! -- Sans doute... Une religieuse!... Peste! qu'elle est jolie!... Ma sœur, donnez-vous la peine de vous asseoir.

LA SŒUR. — Oh! je suis fort bien ainsi.

PIERROT. — C'est singulier comme ce costume m'intimide... Asseyez-vous, je vous prie.

LA SŒUR. — Grand merci. Hé bien! mon frère, nous ne voulons donc pas être raisonnable?...

PIERROT. — Pardonnez-moi.

LA SŒUR. — Vous vous mettez en colère, et c'est un péché!

PIERROT. — Ah! c'est à cause du docteur?... Je voulais rire, chère sœur, rire et pas autre chose.

LA SŒUR. — C'est égal; vous l'avez effrayé... c'est fort mal.

PIERROT. — Eh bien! là, je vous en demande pardon, à vous!... Pas à lui, au moins!

LA SŒUR. — Si vous vouliez me promettre de ne pas vous fâcher, je vous dirais quelque chose?...

PIERROT. — Me fâcher contre vous!... Ah! chère sœur, si vous me faisiez commettre un péché, ce ne serait pas celui de la colère.

LA SŒUR. — Vous seriez si aimable!...

PIERROT, *à part*. — Elle me cajole!... Dieu! moi qui ai toujours rêvé une femme sous le voile... *(Haut.)* Achevez, madame.

LA SŒUR. — Vous viendriez avec moi...

PIERROT. — Au bout du monde!

LA SŒUR. — Non, à l'infirmerie, et vous vous laisseriez poser les sangsues que le docteur a commandées pour vous...

PIERROT. — Des sangsues!... *(Se levant.)* C'est impossible.

LA SŒUR. — Monsieur Pierrot!

PIERROT. — Jamais!

LA SŒUR. — Mon cher frère!

PIERROT. — Non!... Savez-vous que je vais vous embrasser de la façon la plus immorale, si vous persistez dans ce discours!... |Prenez-y garde, ma sœur; on ne pousse pas les gens à bout... Des sangsues!... *(La sœur se sauve.)*

PIERROT, *seul*. — Ces gens-là me feront devenir fou... C'est, dit-on, le résultat du système cellulaire; mais je n'avais pas envisagé la question à ce point de vue... Ces scènes désagréables m'ont ôté le courage... Des sangsues! Jamais je ne percerai ce mur... Je me sens considérablement abruti....

UN PRÊTRE, *entrant*. — Est-ce bien ici le numéro 156?

PIERROT. — Comment voulez-vous que je le sache? Le numéro est inscrit en dehors.

LE PRÊTRE. — C'est que j'ai oublié mes lunettes.

PIERROT. — Je n'ai que faire de lunettes. Tenez, si vous venez pour les sangsues, ne perdez pas votre temps. Adieu.

LE PRÊTRE. — Hé! mon fils, de quoi me parlez-vous? Ne voyez en moi qu'un père qui vient vous offrir de tendres consolations.

PIERROT. — Vous venez me consoler? Mais je n'ai rien qui m'attriste.

LE PRÊTRE. — Hélas! un pénible devoir me conduit vers vous.

PIERROT, *à part*. — Je le trouve bien funèbre!

LE PRÊTRE. — On a décidé de votre sort.

PIERROT. — Quoi! sans m'entendre?

LE PRÊTRE. — Pardonnez-moi cet avis douloureux. Vous n'avez que quelques heures pour vous réconcilier avec Dieu.

PIERROT. — Sapredienne!... *(Il regarde le prêtre.)* Vous me faites des farces, monsieur le curé!...

LE PRÊTRE. — Revenez à de bons sentiments: Dieu peut absoudre les plus grands crimes.

PIERROT, *soudainement*. — Aurais-je tué Colombine?

LE PRÊTRE. — Sa miséricorde est infinie...

PIERROT. — Je ne suis pas tranquille...

LE PRÊTRE. — Repentez-vous; espérez en lui!

PIERROT. — Elle est donc morte?...

LE PRÊTRE. — En expirant, la pauvre victime vous a pardonné.

PIERROT. — Ah! brigand que je suis! Mia cara Colombinella! Une femme si bien faite!...

LE PRÊTRE. — Confessez vos péchés, mon fils.

PIERROT, *pleurant.* — Elle est morte!!! *(Se ravisant.)* La
coquine! Elle l'a fait exprès!... — Et l'on me pendrait pour
cela?

LE PRÊTRE. — La sentence est rendue.

PIERROT. — La sentence! Ne perdons pas la tête... Il faut fuir...
Où est le clou?...

LE PRÊTRE. — Que faites-vous, mon fils? Résignez-vous à cette
expiation cruelle...

PIERROT. — Vous en parlez bien à votre aise.

LE PRÊTRE. — Les hommes vous condamnent; Dieu vous
recevra...

PIERROT. — Ce mur ne cèdera donc pas!... Ah! monsieur le
curé, aidez-moi, je vous prie...

LE PRÊTRE. — Y pensez-vous?

PIERROT. — Au nom de l'Évangile!

LE PRÊTRE. — Mon caractère ne me permet pas...

PIERROT. — Ton caractère?... Travaille, fainéant!... Ici, tout
de suite!... Tiens, voilà le clou... Prévenons le voisin...
Hé! là-bas!...

LÉANDRE. — Qu'il y a-t-il?

PIERROT. — Tout est perdu; on veut me pendre!

LÉANDRE. — Que me dites-vous là?

PIERROT. — La vérité.... On veut me pendre, moi, Pierrot,
homme établi, électeur, abonné à la Gazette!....

LÉANDRE. — Vous êtes monsieur Pierrot?

PIERROT. — Lui-même.

LÉANDRE. — Comptez sur moi; je vous sauverai.

PIERROT. — Brave jeune homme! Eh bien! ce mur avance-t-il?
Allez donc, monsieur le curé!... Mais voici le pas du
geôlier; il ouvre la porte à côté... On s'embrasse... J'entends le mot de liberté... Il est libre; il m'abandonne; je
suis perdu!... Ah! monsieur le curé, laissez le clou...
Venez me soutenir; j'ai des faiblesses dans les jambes...
(On ouvre la porte.) Qu'est-ce? Que me veut-on? Est-ce
déjà la charrette? On ne m'ôtera pas d'ici!... Monsieur le
curé, une idée!... Donnez-moi votre soutane, votre chapeau...

(Il prend le chapeau du prêtre.) Ils ne me reconnaîtront
pas... Fuyons !...

(Entrent Colombine, Léandre et le geôlier.)

Que vois-je? Colombine! Est-ce une ombre, un fantôme?
Viens-tu me tirer par les pieds?...

COLOMBINE, *se jetant dans ses bras.)* — Ah! cher Pierrot!

PIERROT, *l'embrassant.* — Ah! cara mia, que cela fait du bien!
Tu n'es donc pas morte?

COLOMBINE. — Tu vois.

PIERROT. — Dieu soit loué! Que disiez-vous donc, monsieur
l'abbé?

LE PRÊTRE. — Je me suis trompé de cellule.

PIERROT. — Tout s'explique; dînez avec nous. *(Il aperçoit
Léandre qui le salue.)* Quel est ce monsieur?

COLOMBINE. — C'est mon cousin Léandre...

PIERROT, *farouche.* — Le jeune homme de Ramponeau!

LÉANDRE. — Votre voisin de tout à l'heure.

PIERROT. — Cette voix... Comment, vous étiez mon compagnon d'infortune?

LÉANDRE. — Craignant le premier éclat de votre colère, je sautai
par la fenêtre sur les épaules du guet qui passait... Et voilà
mon histoire...

PIERROT, *ému.* — Ce cher ami!... Tout cela est bien un peu
louche... mais je reviens de trop loin pour me fâcher...
Léandre, sois honnête! Colombine, j'aurai l'œil sur toi!...
Ne nous quittons plus, mes enfants, et vivons désormais
dans une douce union.

COLOMBINE. — Après m'avoir si fort battue!...

PIERROT. — On ne bat que les gens qu'on aime... Léandre, offre
le bras à ta cousine.

LÉANDRE. — Madame...

COLOMBINE. — Mon cousin...

PIERROT. — Moi, j'emporte ce clou, — en souvenir des fers que
j'ai portés...

(Ils partent.)

Fort du Hâ.

9 782013 572064